DÉFENDS-TOI

(POÉSIE)

SEGRÉ
IMPRIMERIE MARTIN-GUÉRET

1881

DÉFENDS-TOI

DÉFENDS-TOI

(POÉSIE)

SEGRÉ

IMPRIMERIE MARTIN-GUÉRET

—

1881

DÉFENDS-TOI

PROLOGUE

I

Comptez... mes amis et mes frères ;
Montrés du doigt par les prudents,
Voici bientôt quatre ans
Que vous avez tenté vos efforts téméraires,
Et que, pour le succès des œuvres ouvrières,
Vous travaillez aux premiers rangs.

II

A quoi bon ? rien ne vous anime ;
Quel bien dans ce *Cercle* a régné ?

Ou qu'avez-vous gagné
De tout ce qu'aujourd'hui l'opinion estime ?
Vous n'avez pas d'argent, l'ennemi vous décime
Et le succès est éloigné.

III

N'importe, un noble témoignage
Devant tous au Christ est rendu.
Dieu sait combien a dû
Vous coûter de travail ce généreux ouvrage,
Et si lutter est dur, l'exemple du courage
Jamais ne peut être perdu.

IV

Faiblir ? Non ; qu'il vous abandonne
L'ami las de vous voir souffrir
Et peut-être d'ouvrir
La généreuse main qui depuis longtemps donne ;
Vous resterez debout. Dieu vous fera l'aumône.
Est-ce que la foi peut mourir ?

V

Œuvres catholiques, l'armée
Qui doit vaincre le mal grossit,
Et Jésus a choisi
Pour guider le combat votre bannière aimée ;
Soldats du Sacré-Cœur, la France ranimée
Vous crie : Honneur, joie et merci !

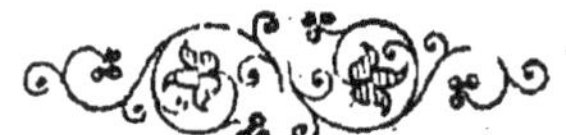

DÉFENDS-TOI

I

LE TOURMENT

Telle pleurait Sion au bord du fleuve assise,
Telle, aux vagues de ses deux mers
La France unit ses pleurs en se voyant soumise
Aux exploiteurs de ses revers.
Ils ne souffriront plus que l'enfance travaille
Sous le regard du crucifix
Dont le crime est d'avoir, sur la blanche muraille,
Ouvert ses deux bras à nos fils.

Regarde, ils vont chasser la sœur à qui l'enfance
Devait d'être formée au bien,
Qui portait au blessé sa douce patience,
Au mourant un dernier soutien.
Tu verras expulser le prêtre qui pardonne,
Et sans Dieu mourir tes soldats.
On mettra sur ta tête, en guise de couronne,
L'ignoble bonnet des forçats.
Heureuse si le sang le plus pur de tes veines
Suffit à payer tes forfaits,
Si l'ange de justice, ayant pesé tes peines,
Te tient quitte, les comptes faits.
Tu ne veux pas, de l'urne où ton destin se joue
Ecarter bourreaux et valets ?
C'est bien, abstiens-toi, dors, et demain sur ta joue
Le sang marquera leurs soufflets.
Espères-tu l'honneur que gagne la victime ?
Il ne vient pas du désespoir.
Le martyr est soldat et la valeur l'anime
Quand la défense est un devoir.

II

LA CAUSE

Elle a voulu comprendre et s'est interrogée :
Qui donc à mon breuvage a mélangé le fiel ?
Lâche devant le mal ? Combien je suis changée,
Moi qui n'ai jamais craint que la chute du ciel !

N'ai-je pas des canons, de la poudre et des balles ?
Je pourrais de soldats couvrir le monde entier ;

Je brave les plus forts dans les luttes navales
En montrant les vaisseaux de mes flottes d'acier.

La nature a pour moi fait un écrin de reine ;
J'ai du fer dans le sein, et, sur le front, des bois ;
Je donne aux étrangers les fruits d'or de ma plaine,
Et ma capitale est un rendez-vous de rois.

J'ai mis dans mes cités au service de l'homme
Deux esclaves puissants : l'usine et la vapeur,
Qui luttent de concert pour centupler la somme
Des produits précieux qu'on tire du labeur.

Mon génie a créé, pour détruire l'espace,
Ces rapides coursiers que la flamme nourrit,
Et le hameau perdu recueille sur leur trace
Les trésors du commerce ou les dons de l'esprit.

Et toi, t'ai-je adorée, infidèle science ?
Pourquoi promettre ainsi, quand tu ne peux tenir ?

Riche de tes secrets, comptant sur ta puissance,
J'espérais toujours vivre, et je me sens mourir.

— Tu chercheras en vain, si ton orgueil évite
De porter le flambeau jusqu'au fond de ton cœur,
Pourquoi ton livre d'or s'est effeuillé si vite ;
L'oubli de Dieu, France, est ta faute et ton malheur !

III

LE REMÈDE

Venez... l'impiété vous tue,
Venez prier près de l'autel ;
Le pur froment qu'il tient du ciel
Relève la force abattue.
Voudriez-vous, dans le saint Lieu,
Hommes, laisser seules vos femmes
Payer la rançon de vos âmes
Et vous défendre auprès de Dieu ?

Oh non ! prier est le remède
Aux châtiments des nations,
Et le trouble dont nous souffrons
A la prière toujours cède.
Parler à Dieu ! rien de plus doux,
Il veut qu'on l'appelle : mon Père !
Rien de plus grand, car, sur la terre,
Le Rédempteur pria pour nous.

Il faut arracher au blasphème
Tout droit de cité dans nos murs,
Et que des holocaustes purs
Eloignent de nous l'anathème.
Du Ciel qui souffre de punir
Venez seconder la clémence ;
Elle obéit à l'innocence
Qui pleure avec le repentir.

Qui dira pourquoi la France ose
Mépriser une loi d'amour
En livrant au travail le jour
Où Dieu veut que tout se repose ?

N'est-il pas bon pour l'ouvrier
Qu'un jour au foyer soit assise
La famille que l'on divise
Par les six jours de l'atelier ?

Homme de mon temps, ta faiblesse
Est d'abandonner à l'erreur
Ton esprit pour plaire à ton cœur.
Reconnais que l'orgueil te blesse,
Que l'austérité de la loi
Est meilleure que la licence,
Et qu'il faut joindre à la science
La simplicité de la foi.

IV

LE COMBAT

L'émeute règne et menace..... L'angoisse
Amène au temple où s'unit la paroisse
Tous ceux qu'à l'heure où le mal fait la loi
Peut exposer leur faiblesse ou leur foi.
« Ayez pitié, mon Dieu ! de leur détresse,
» Entendez-vous ! .. leur prière vous presse,
» O pain des forts, qui veillez sur l'autel,
» D'armer pour eux les puissances du ciel ! »

Puis à ces vœux que leur bouche murmure
La paix succède ; alors tout se rassure ;
De ses douleurs oubliant tout le poids,
Aux chants sacrés chacun mêle sa voix ;
Vêpres qu'en chœur la foule psalmodie
N'eurent jamais plus vive mélodie ;
La foi s'exalte au sens divin des mots
Et pour la lutte affermit des héros.
Quels sont ces cris? comment? l'église même
Ne serait pas à l'abri du blasphème?
« A bas le Christ ! » C'est la voix de l'enfer
Qui sort armé de la torche et du fer.
« Mort! mort! » C'est bien, luttez contre des femmes
Et des enfants ! Ils vous vaincront, infâmes ;
Car un esprit d'héroïsme a passé
Dans ces chrétiens ; sur l'heure est entassé
Un long rempart duquel ils se protègent,
Et pour répondre aux démons qui l'assiègent
De nos rangs monte une immense clameur :
« Magnificat ! » Les bandits ont pris peur.
On aurait dit que, déchirant la nue,
A cet appel la Vierge était venue.
Plus d'ennemis, l'autel est respecté,
Et le triomphe aux humbles est resté.

V

LA PAIX

1

Le nuage est scindé, la tempête est finie.
De la terre et des cieux la tranquille harmonie
Répand sur mon pays ses adorables dons.
L'agriculteur joyeux compte sur ses sillons
Autant de grains dorés que la plaine a de sables
Et le bétail mugit dans ses riches étables.

L'industrie a cessé de fournir au trépas
Le fusil meurtrier, et ses milliers de bras
Dans un but plus humain fouillent le fond des mines.
La science aujourd'hui, soumise aux lois divines,
Et belle de rayons que l'orgueil n'eut jamais,
Aux plus humbles esprits prodigue ses bienfaits.

2

Paix dans tous les travaux et paix dans la famille!
Sous une active main le banc de bois s'habille
De linge éblouissant et de frugalité.....
Hâte-toi, père, époux, du devoir acquitté,
Viens, au déclin du jour, chercher ta récompense
Près du toit sous lequel ta vertu met l'aisance.
Qu'un vieillard malheureux demande à partager;
Tes enfants vont le prendre et leur table est la sienne;
Car d'un gain bien acquis lorsque la main est pleine,
Le pauvre est un ami bien plus qu'un étranger.

3

Fête pour tous, universelle joie!
Notre terre se noie

Dans les rayons de l'or, dans les parfums des fleurs,
Le *sacre* populaire est rentré dans nos mœurs !

4

Viens, douce enfant,
Si belle sous ton voile blanc,
Porter ta prière et ta rose
Sur l'autel où pour un instant
Ton Dieu repose.

Ange d'un jour
Dont les deux ailes, par l'amour
D'une mère sont décorées,
Dieu veut pour embellir sa cour
Tes fleurs dorées.

Bataillon, fier
De garder Dieu, porte l'éclair
Du glaive en ces fêtes aimées,
Pour que Dieu garde en paix le fer
De nos armées.

Beau reposoir,
Nos mains t'ont bâti dans l'espoir
Que Dieu t'habite en cette fête,
Et que les élus pour te voir
Penchent leur tête.

5

Divin soleil,
Jésus passe voilé dans l'ostensoir vermeil,
Laissant à chaque seuil, dans sa marche bénie,
La lumière et la paix de sa grâce infinie...

. . . .

6

O rêve du captif, rêve de liberté !
Dépendra-t-il de nous que tu sois plus qu'un rêve?
Oui, si pour le combat le plus faible se lève,
Disant au doux Sauveur que les forts ont quitté :
« Je puis tout par ta grâce et n'ai pas déserté. »

ÉPILOGUE

Le capitaine était mort à Sedan,
Couvert de gloire et frappé par devant ;
Mais ne laissant pour fortune à sa fille
Que son épée et que Dieu pour famille.
Le capitaine était mort à Sedan,
Couvert de gloire et frappé par devant.

L'Etat devait honorer la mémoire
Du vieux soldat et puis payer sa gloire ;

L'orpheline eut pour dot, à dix-huit ans,
Un bon bureau qui valait mille francs.
L'Etat devait honorer la mémoire
Du vieux soldat et puis payer sa gloire.

Le pauvre eut part au bienfait de l'Etat
Et Dieu bénit la fille du soldat.
Il la rendit pieuse autant que belle;
On ne connut que de beaux jours pour elle.
Le pauvre eut part au bienfait de l'Etat
Et Dieu bénit la fille du soldat.

Mais le regard de l'athéisme passe
Sur son bonheur. Pour elle pas de grâce.
« Renonce au Christ; notre argent n'est point fait
» Pour les dévots, » lui dit le sous-préfet.
Mais le regard de l'athéisme passe
Sur son bonheur. Pour elle pas de grâce.

Du vieux soldat on prit le revenu
Pour en solder le premier serf venu.

La noble enfant tomba dans l'indigence
Auprès du bien que lui devait la France.
Du vieux soldat on prit le revenu
Pour en solder le premier serf venu.

La faim bientôt au père unit l'enfant ;
Le sous-préfet sourit en l'apprenant ;
Mais le mépris a flétri ce sourire,
Et dans le ciel a régné la martyre.
La faim bientôt au père unit l'enfant,
Le sous-préfet sourit en l'apprenant.

Mourir pour Dieu ! Rêvons pareille gloire ;
Car ce désir assure la victoire ;
Et louons ceux qui tombent au combat
Comme l'enfant et comme le soldat.
Mourir pour Dieu ! Tu rêves cette gloire,
France héroïque ?...
A demain la victoire !

Segré. — Imprimerie Martin-Guéret.

www.ingramcontent.com/pod-product-compliance
Ingram Content Group UK Ltd.
Pitfield, Milton Keynes, MK11 3LW, UK
UKHW020539230726
13925UKWH00006B/2361

9 782014 059779